歌集

若苗色

西野美智代

本阿弥書店

序　若苗色のひと

この表紙若苗色の外になし思ひをつつむ風呂敷なれば

タイトル「若苗色」の詠まれた歌。未知の読者のために、少し補足しておきたいと思う。

「この表紙」はおそらく、西野美智代さんの第一歌集『ひなくもり』の表紙である。平成二十三年秋に、私家版として刊行されたもの。古風で品のいい和綴じ製本、布張りの表装、ご友人の手を借りた手作りの歌集である。その表装が「若苗色」。やや渋みのある黄緑色といったらよいか。慎ましく、しかし爽やかな明るさを湛えているその色は、西野さんに本当によく似合う。

われ先に割らんと児らがゆで卵おでこにあてし給食のとき

ライオンキングの衣装がかりがあの児とは眼鏡をふいて画面に見入る
マッチ売りの少女を泣かす夜の雪　舞台にふらす役の子がをり

長く教職にあった西野さんの記憶にある児童たちの姿。さらにその後の彼らの姿。いまも「あの児」と呼ぶ先生の思いが尊い。ゆで卵をおでこにあてて割るいかにも子どもらしい場面。脇役のさらに脇役のような役割の子の存在。どの歌にもあたたかい眼差しと、一歩引いて見守る、作者の志が見える。

姑《しうとめ》の遺しし百目蠟燭が節電の夜の家族を照らす
少年に負けちやつたよと碁会より帰れる夫のこゑに張りあり
ひどかつた暑さのせゐには出来ません　父の沈丁花枯らしてしまふ
つつがなくイベント終へぬ今宵こそ夫の話をまじめに聞かん
テロ続く欧州まはり事もなく帰りたる子の下着を洗ふ
悪妻の謗《そし》りはきつと免れまい付き添ひながら歌を詠むとは

家族の一人一人を、その個性のままに愛し支える作者の日々がよく描かれている。とりわけユーモア混じりの歌には、いたずらっぽい、それゆえやさしさにあふれた微笑みの表情が見える。

はみ出して凸凹になつた太巻の端つこが好き　余福のやうで
空の下どこにもゐないといふことはどこにも在るといふことならん
ひも結ぶことより再起の十カ月けふは紬の帯を締めゆく
砂かぶりに和服がならぶ名古屋場所きれいどころも勝負を賭けて
描き去られ柱を食みし跡しるく南相馬の牛舎にのこる

素材のゆたかさ、表現のおもしろさもさることながら、なによりの魅力は、生きる命を、その命とともにあるさまざまな物や場面を心から慈しむ、作者のふところの深さである。

前歌集のときすでに、もう回復の手立てがないとまで言われた病の人であった。

その病をだましだまし、みずからの苦しみや不安すらだましだまし、奇蹟的な精神の健やかさから生まれた、この第二歌集である。

歌人・西野美智代さん、また人間・西野美智代さんとのご縁が、長年、わたしを励まし続けてくれている。

歌集『若苗色』が少しでも多くの人に読まれ、見知らぬだれかの生きる力になることを願います。

小島　ゆかり

歌集　若苗色　目次

装幀　大友　洋

歌集　若苗色

西野　美智代

節電の夜

白蓮のつぼみつんつん天を突く余震のつづく宝蔵院に

姑《しうとめ》の遺しし百目蠟燭が節電の夜の家族を照らす

前倒しのエイプリルフールの戯言《ざれごと》と誰か言つてよ笑つて言つて

被災地に遠き都会のスーパーの前に列なす引きつれる顔

悪者のはうれん草は除かれて貝割れ大根売り切れになる

ほんたうは死者の一人かこのわれも薄ぼんやりと漂ふばかり

空に向け歩道橋が立ち上がるこんな風景見たくなかつた

笑はなくても

磔刑の如く苦しき身をそらす日本の形は試練のかたち

放射能の流出ふせぐにおがくづと古新聞を入れる化学《ばけがく》

笑はなくても答へなくてもいいのです取材無視して睨みつけても

あどけなき顔に笑みなき避難所にアンパンマンのマーチ流れる

幼子がいつものやうに泣く、笑ふ、ぐづる、甘える　聞きたかりしよ

子うさぎのミッフィーこぼす二つぶの涙が幼き子らを癒さん

蕺草《どくだみ》は異名と指さす飯舘の野道に地獄そばの花あり

あれ以来笑ひをわすれ〈笑点〉を選べど少しもおもしろくなし

注目をされなくなつても着実にスカイツリーの建設すすむ

十代の臓器提供　震災に混乱の日のニュースに混じる

その刹那なに為すべきかそれぞれが日々に問ひゐん二時四十六分

被災者にペットも加へ追悼のズービン・メータの第九がひびく

日本語学級

慰問し給ふ后の宮の美《は》しき語よ　よく生きてゐてくださいました

地震《なゐ》ののち国にかへりし沈さんの上履きが待つ日本語学級

かけがへのなきもの何か掛替へのなき子に問はれ沈黙したり

宙吊りにされたる原発ゆつくりと爆発つづく　時限爆弾

のど自慢に初ゲストなる演歌歌手喉彦《のどびこ》見せて声はりあげる

ああ父が逝きたる後でよかつたと不謹慎なる本音をもらす

けふの花嫁

過ぎし日の一年生のひたむきを思ひ出させるけふの花嫁

石巻出身といふ新郎の紹介に拍手いや増し止まず

虹のたち緑したたる晴れの日に立会人われ署名をしたり

はみ出して凸凹になつた太巻の端つこが好き　余福のやうで

スターバックス

病変をつげる口髭うすくして難しき語を神妙に聞く

ホームより先程見えた駅中《えきなか》のスターバックスにたどりつけない

道化師の繰り出す技のひたぶるに難病の児がたうとう笑ふ

忘れゐる言葉ひきだす前置きの呪文ばかりが増えてゆくなり

新盆の蟬

盆近きなんてんに来てあきあかね九十分を静止してをり

をしみてもなほ余りある夭逝を悼み鳴きをり新盆の蟬

〈松本耕典さんを悼む〉

不惑越え迷ひなき道ゆく君の幸を病魔がねたみたりしか

かがやいてゐたコンビニが移転してわが町内は目標《めじるし》なくす

子を連れるセイウチは決してねらはない極北の地のやさしい掟

いま翼なり

腰高く漕ぐ少年の両脚はいま翼なり急坂下る

このたびは馬の役にて跳ねますと公演知らす女優のメール

サンシャインより見下ろす街がうごめけり眼鏡もわれもひどく疲れて

異界への入口なりしかトンネルへ入りたるままに還らざるひと

若苗色

後楽園の三つの池を縄張にそれぞれ一羽の翡翠《かはせみ》がとぶ

水面に反射の光《かげ》が傾けるもみぢの幹をするする上る

この表紙若苗色の外になし思ひをつつむ風呂敷なれば

同胞の辛苦の日々を生かされてかたじけなくも新米を炊く

飯の種にするのは無理と言はれても広場でうたふ君がゐた夜

ナンネルの不運を言へば図らずもモーツァルトの姉なりしこと

縁台にくづ毛糸繰《く》りとき色の胴着をあんでくれたつけ祖母は

おとその膳

届きたる大根にんじん八頭だせばとび出す金柑五つぶ

被災者をもう忘れたか　元旦のおとその膳を土竜《もぐら》がゆらす

震といふ字にかくれゐる辰なれば今年は農に幸をもたらせ

理不尽をずんと堪《こら》へてうおんうおんと怒り積もらすフクシマの雪

落日を刺せるかたちのスカイツリー二月九日四時三十分

言ひ聞かす爺と鴉のあひの手がかよへるやうな早春の畑

上一色橋の下よりわづか青みおび春の入江をめざして流る

はやばやと牧場に出たる駿馬の子　防寒服をまとひて遊ぶ

この国に絶望したるペンギンが南極めざし江戸川およぐ

男気

金星を見上げるかたちに三日月が輝く夕べ君は逝きたり

身の丈の一センチすら曖昧にせざる男気つらぬきにけり

まぶしげに少し細める目差しは生き続けるに浩信くんは亡し

並びたるクレーンが挙手をするごとく整然と立つ君の社葬に

四十三を一期の無念すみぞめの帯に封じて葬《はぶ》りに泣かず

かつしかの薔薇園翳《かげ》り大輪が朽ちゆくときに引き寄する光《かげ》

華やかな日には見せざるゆたかさに枯れたるばらは寡黙にあらず

エナメルの靴

米びつに米のある日はしもやけの手を差し入れてぬくめたりけり

サンローランのエナメルの靴を履かずとも首《かうべ》を垂れず生きてこられた

立山に氷河のありてああやはり氷河期生きるわれらと思ふ

先生は岩《がん》ちやんのみの同窓会　猛者《もさ》もデンスケも逝つてしまつた

パンツ・ルックの馬場あき子氏が朗々と「女性の短歌《うた》には核がないのよ」

追善の西行祭に経となへ「弁慶の間」にひと夜やどりぬ

踊りの輪にひよいと交じれる白絣　秩父おろしが連れ去りにけり

山ガール

ひんやりが売りの枕をうらがへし入眠儀式またはじめから

わが病めばエプロン持参で訪ひくれる山ガールのきみが道に迷へり

心電図《ホルター》をつけゐる夫と承知して野球ごときにまたも怒らす

うぶすなの千住はなれて七十年夫は未だに本籍をおく

そんなにも難しくない少しだけピントぼかせば美人に見える

蓬《よもぎ》の香ただよふ床に闇いだき羊はいつか人面となる

遺失物届け出されしフラミンゴ　動物園に呼びもどさんと

『紀ノ川』の舞台まはしの白犬《しらいぬ》がコマーシャルのお父さんになる

力をためて

悪童のわなに転びし木下闇　イイキミカンチョウライカンチョウライ

くろぐろと無患子《むくろじ》の実は黙しをり晴れて飛ぶ日の力をためて

ドラえもんの百年後の生誕を祝ひうさぎやのどら焼きを買ふ

尾張屋のうなぎの折りをむすびたる定式幕の三色のひも

真剣にきけばよかつたあの時に大正二年生れの校歌

リハビリの夫が二階にひとり打つ碁石湿《しめ》るか今宵ひびかず

とうがんの煮物をもちて四歳が二切れさげる弟つれ来

ポストまで往復二百五十歩の鹿骨《ししぼね》通り明日につづく

心ばせ共にくるみて届きたる刃物いらずの葡萄《ぶだう》にみかん

熱気球のキーホルダーのぶら下がる愛車がわれの漕ぐ日を待てり

ふつうの息子

病むものの痛みのわかる医師がゐるその存在は賞より重い

iPSの功績ほこらず実直な町工場の子にありしと語る

母詠みし短歌を披露するときの山中教授はふつうの息子

何もかもおぼろな人が保護されて告げたるといふ〈クミコ〉は子の名

閉まらないドアをすこうし持ち上げて押し込めるうち連休終はる

風の鳴る音

放課後の教材室のしんしんと　踏むオルガンの風の鳴る音

前のめりに瞠《みは》りて鼻をふくらませ歌へる児らの頰のいきほひ

夏休み作品展に百ぴきの空蟬箱のなかに並びぬ

庭下駄が土に埋もれて父母のゐぬ里は今年も熟柿を落とす

空の下どこにもゐないといふことはどこにも在るといふことならん

ふる寺の鐘の合間をむささびが箒のやうな欅に移る

吉野家の牛丼食べておもむろにロスでの仕事はじめると言ふ

ゆく秋のいかなる風のいたづらか栗まん提げて子が帰り来る

天こ盛りの粥

病窓の二重ガラスに怯《ひる》みをり時雨にかすむ東京タワー

郵便局コンビニ喫茶レストランひとつの町のやうなる病舎

バーコード２１２４９５８６のわれに出される天こ盛りの粥

深爪の医師が脈みて戻りかけペットボトルの蓋あけくれる

二十面相が暗がりにゐる外階段　大学病院研究棟の

独り身の子が帰りゆく不忍の池にスワンのボートが浮かぶ

黄ばみゆく欅大樹に見守られリハビリをする霜月みそか

利根川の大和蜆《しじみ》が冬眠す冷凍室に待ちくたびれて

まつしぐら

たづねたる「市井」の読みを切つ掛けにまつしぐらなりき君への傾斜

休日の木造校舎に語らふをさへぎりくれし生成りのカーテン

かびくさい蔵書にはつ恋吸ひとられ永久保存になつてしまつた
ガレージに青い檸檬《レモン》のおかれしを病めるつれづれ思ひかへしぬ

美人の棋士

癸巳《みづのとみ》今年の恵方は南南東　南南東には「なんてん」がある

はるかなる西表島に三陸の郵便ポストが流れ着きたり

こもりゐる夫を美人のプロ棋士が打ち初め式に誘ひくれたり

いさぎよき住人ならん元朝も下着一式窓辺に干さる

脳トレの効果をたのみ夕刊の数独埋めて日課が終はる

校章のいはれとなりし大桐が空洞もろとも切り倒さるる

シンボルの桐を伐りしと校長の「お詫び」をのせる町会だより

寒風の庭には出せず伸びすぎし幸福の木をあちこち移す

五打席も松井敬遠とたたかれて生き来し投手の長い年月

パソコンのなりすまし操作の罪により誤認逮捕の人の行く末

花をみてゐる

八重雨がほつたらかしたる庭ぬらし柊南天の黄の房ゆらす

いくたびも聞きし話をまた聞いて千鳥ヶ淵に花をみてゐる

旧友の葬儀にゆきし連合ひが靴に花びらつけて帰り来

百年の酒屋の跡地にははたはたと介護ホームの幟はためく

ずんどうの赤いポストが駅前に立ちゐし頃の夜は暗くて

ご自由にお掛けなさいと並ぶ椅子ながい鎖につながれてをり

最高峰を最高齢が制覇する　八十歳ならわが家にもゐる

おかめのお面

つややかな葉群をぬけて開きたるカラーの白のさやけき朝《あした》

そよぎたる天満宮の藤波にしばし忘れし傷《いた》みがきざす

立葵の花しをれゐる中庭のベンチにもたれ検査を待ちぬ

いきさつを告げ来し文のなかほどに白紙《しらかみ》のあり深呼吸する

美術館の正面口にあからひくＡＥＤが設置されをり

七たびを続けしのちの半拍にポとつけたせる朝の雉鳩

ふくよかなあれもこれもが削がれゆく　さうだおかめのお面を買はう

女でござる

いましがた泣き声ひびかせゐたる児が笠子の煮付け届けてくれる

平成の夏の夜空をとりしきる鍵屋の当主は女《をみな》でござる

言ひのこすひとつを思ひ起こさせて仕掛花火の燃えがらが立つ

来日し一年になるジョンさんのきうりの糠漬け上手につかる

打水の酒屋の前をよぎるとき母在りし日の匂ひ漂ふ

見なれたるよどむことなき筆跡がホタルの絵のあひ優雅におよぐ

爽爽《さはさは》と喉を過ぎゆく心太のやうなる見舞に痛みやはらぐ

対局を待ちのぞみゐし碁敵の訃報が遅れ夫に届きぬ

色見本のやうにふかみを増してゆく紫式部のつぶらつぶらは

散りゆける児ら

初任地の校舎が消えてスーパーの駐車場になり車が並ぶ

わらわらと散りゆける児ら校庭の欅の下にしづまりて待つ

われ先に割らんと児らがゆで卵おでこにあてし給食のとき

胸痛の消えざる日々のいらだちを姑《はは》の遺影に見られてしまふ

夕映えの辻に佇みさざめける風の音聞く　覚悟はいいか

晴天の霜月尽のかがよへる紅葉に染みて耳がほてりぬ

水面の円月橋を見下ろせば弧がゆらぎたり風渡るとき

「第三の男」のテーマが流れきて移動パン屋の到着知らす

かくさざる皺

いたいけな日の悲しみを刻みゐんケネディ大使のかくさざる皺

秋晴のけふはわたしの誕生日　図書館までの道を歩かう

ことごとく未経験なり古稀こえて三面記事をねんいりに読む

恐竜も照らしし月を極東のスカイツリーのそばにて仰ぐ

お手がるで高音質と評判のＢＯＳＥを息子が夫におくれり

川を越えひびきくるなり古寺の自動鐘撞き装置の鐘の音

聴力は年相応とみたてられ高砂橋をわたりて帰る

陽だまりの福寿草の花ことば「悲しい思ひ出」といふ国もある

鋭《と》きものも醜きものもこんもりと起伏のうちに塗りこめて　白

やはらかき曲線つらなる銀色《しろがね》の果てより来るは父にあるらん

境内の砂利に熊手のすぢしるく淑気のなかに新年むかふ

スペシャルシャンプー

茜さす角を曲がれば寿町いよよ濃くなる影ひきながら

「電源ヲ切リマス」乾いた合成音　終はるといふはこんなことかも

あふむけの顔に白布のせられて瞑目をするスペシャルシャンプー

ふたりして桜きりしを悔やみつつわが消ゆる日に父はまた逝く

七回忌の法要せんと菩提寺の瓦に苔むす御堂に入りぬ

被災後の暮し嘆かず三年《みとせ》経て初採りわかめを送りくれたり

わづらひの長きに清《す》めるたましひが今はなたれて山野を行かん

〈根岸知子さん逝く〉

無実の文字

たへがたいほどに正義に反すると判事に言はせた袴田被告

四十八年の獄中書簡五千通　無実の文字の無数にあらん

さみどりの四月になりてワイシャツの洗濯代が十円上がる

連れ立ちて旅ゆく夢に目ざめたる春のあしたの　踝《くるぶし》かゆし

碁の会に夫を送りてしばらくを晴れて丸善の客となりたり

雨の車道

東京にオリンピックが決まつた日飯舘村には雨が降つてた

無香料無着色の国産品サプリメントは犬用である

人だかり絶えし土牛の「醍醐」より聞こえくるなり沈黙の声

打ち合はせせざることがら打診され互ひの本音が明らかになる

鳴りひそめにんまり背後に佇めるものが微《かす》かに見えてきたりぬ

二めぐり病む日はつづくカプセルを押すにも走る痛みになれて

三度とも凶をひきたる御神籤をわらひとばしてやればよかつた

漆黒の尾羽を左右にふりながら雨の車道を渡りゆきたり

みまかりて六年経たり荒れ庭にはひふへほろん　ポピーが開く

あたたかき職員室をそのままに四人が集ふ悠々の会

激動の戦中戦後をたをやかに前向きに生きし八十八年

〈中田キミ子先生　米寿〉

きれいどころ

梅雨寒の庭に子連れの三毛のきて六つの瞳が見上げてをりぬ

熱弁にうなづくのみの六十分やうやくぬるめの緑茶をいれる

角屋敷の失せたるのちの粗土に六月の雨しみてゆくなり

をりをりの花を見せきし豪邸が草木もろとも消えてしまへり

砂かぶりに和服がならぶ名古屋場所きれいどころも勝負を賭けて

適性なる箸の長さは一咫半《ひとあたはん》　学力テストに出てくるなんて

この春は咲《ひら》きしものをチェーンソーに倒されてゆく並木の辛夷《こぶし》

数多《あまた》なる傷もつギターがいつよりか納戸の奥に移されてをり

少年に負けちやつたよと碁会より帰れる夫のこゑに張りあり

死後もなほ生きたしと書き遺したるアンネ・フランクの願ひ叶へど

ひどかつた暑さのせゐには出来ません　父の沈丁花枯らしてしまふ

新幹線工事の犠牲者二百余人の五十回忌くる五十年たてば

転換のかなはぬ稿に思ひたち排水口の掃除をしたり

ゆるやかに隠れし月の影のこる彼の色こそは黄櫨染《くわうろぜん》なり

子どもの城

山桃の木蔭にバスを待ちながら湧きあがりゆく雲をみてゐる

特定秘密保護法に反対決議の市町村百三十にわが区入《はひ》らず

疎遠なる弟が見ると言つたから欠かさずに映す「美の巨人たち」

建設を担ひし一人思ひをり子どもの城の閉鎖の記事に

木枯らしの星空に目をこらしゐるすべて昭和の出来ごとだつた

銀杏の道

放射霧淡くけむれる君のまち朝の画面に映りぬ　しばし

十七の心はづみに靴をぬぎ銀杏の道をかけてゆきたり

目に見えぬ糸に吊らるる鬼灯《ほほづき》のやうなる月は父のたましひ

スター性のなさも魅力とつけくはへ水族館が井守《イモリ》をさがす

ひとに席をゆづれる時がくるなんてたつた二駅なれどそれでも

見放されし身が回復を伝へらる一瞬先の闇はどうあれ

踏み出せぬ時のあせりを忘るまじエスカレーターに乗せる一歩の

ひも結ぶことより再起の十カ月けふは紬の帯を締めゆく

妹のくれしドバイの赤い砂　小壜ゆすれば語りだすなり

17位より5位までの一年に錦織くんの口元緊《し》まる

つつがなく

いっしんの通じる日とある星占ひ風雨の憂さをふきとばしたり

煎じ詰めればありがたうの他になく円谷幸吉の遺書に似てくる

加齢こそ花咲かすとき不具合を笑ひのめして詠めよの講話

十八年姑《はは》の介護にあけくれた彼女に短歌の神がほほゑむ

あれやこれや助けくれたる力もち記念写真のシャッターを押す

この一日もちこたへんと引き締めし帯をときたり安堵とともに

つつがなくイベント終へぬ今宵こそ夫の話をまじめに聞かん

かもめの玉子

ふゆがれの泡立草が銀色のひかりあつめる産院跡地

イギリスにて悪用されし子のカード買はれたりしは紳士服とふ

試合後に塵拾ひするサポーター負けたチームの負ひ目を拭ふ

感電のなかまの手当に奔走し助けしはサル　人にはあらず

年末の選挙の余波に子ども会の餅つき大会中止されたり

中東に横死の男子惜《を》しみゐんひしやげたやうな朔日《ついたち》の月

左利きの子の注文に届きたり三陸銘菓「かもめの玉子」

カナリアがあきれてますよ迫りくる地球の危機に原発なんて

花いつぱい

早咲きの花の便りに取りあへず旅行鞄のほこりをはらふ

〈ほしかつたのは生きてる時の一言さ〉川原につまれる供花に雨降る

圧力ではなく自粛とふ選択のふえゆく国の花見にぎはふ

週末を夜勤へ向かふ看護師が菜の花いつぱい抱へてゆけり

留守の間にパンジーの鉢置かれあり喜ぶまへにすることがある

かず知れぬ蝶をねむらせ桜木が夜の校庭に白じろ浮かぶ

夕闇に垂《しだ》るる花はあやかしの薄絹となり人そそのかす

花見客の足をとどめて傘の上を独楽がまはるよ茶碗がまはるよ

古地図にのこる

病床の友を笑はす定期便三十一文字の近況そへる

脱原発を果たししドイツ　きつかけはわが福島にありしといふに

皮ごろもぬぎし心地に湯あがりのひとときを居り厄日しのぎて

強制疎開に打ち壊されし夫の家　屋号がしるく古地図にのこる

マイブームが英会話だといふ社長　新たにてにをは学べるさうな

均一な時と思へず命終のせまれる人と束の間をゐて

斎場の花柄じゆうたん目のすみにつまづかぬやう香をたむける

沖縄の空

灯明の揺らぐ御堂に平家琵琶ひかれ揺蕩《たゆた》ひゆく春の宵

平曲を聞かんと来日せしと言ひパリの男が蘊蓄《うんちく》ひろぐ

幼帝の入水のくだりに差しかかりこらへしものが滲み出でたり

沖縄の空は君らの空なればオオゴマダラよ伸びやかに飛べ

こんな日は空いてをらんと曇天のスカイツリーに連れてこられつ

郵便に寄せる信頼ゆるがして君の返事はなかなか来ない

質門、と書いてあるのはわが字なり口がなければ質問出来ず

碁仲間の女子大生に街なかでよばれて夫の背がしやんとする

虹色蜥蜴

桐の箱あければ丹後ちりめんの名入りの袱紗の藤色にほふ

山いくつ越えて来たらん多羅葉《たらえふ》に濃くきざまれし十五字の文

富士山頂局の消印はつきりと今年も暑中見舞がとどく

きな臭きにほひ広がるご時世にめとれよ生めよと期待されても

引き金を引けば飛びだすシャボン玉かくて男《を》の子は兵士になつた

受持ちの児らと蝲蛄《ざりがに》捕りし川　老いづく夜の耳ながれゆく

ライオンキングの衣装がかりがあの児とは眼鏡をふいて画面に見入る

真夏日を緑蔭ふかく誘《いざな》はれ短歌にひたり一日みちたり

これしきの暑さ託《かこ》ちてなんとする叔父は三十でサイパンに果つ

かくらんの危ふい暑さは四日間　言ひにし祖母の明治はとほく

暑き日を石垣つづく坂下り虹色蜥蜴のきらめきに遇ふ

地下鉄

水害案じ電話かければばつちやんと呼ばれて友がはいはいと出る

移植手術を友が受けるといふ朝　せめて清しく木犀かをれ

朝の茶の喉すぐるとき山吹に風の渡りて秋、ふいに来る

はるかなる君に呼ばれた心地して黄昏《たそがれ》時のポストをのぞく

地下鉄の向かひの席に乗り合はせまだ気付かないわが妹よ

活用します

遠足のバス見送りし日のやうに吾子を戦地へやつてたまるか

巣立ちの日ラグビーボールを教卓に置きて行きたり十二の児らは

通勤に夫の長年使ひしを子が提げてゆく何を継がんや

弱者ほど取り残されて泣いてゐるシリアと福島どこがちがふか

特売の服にさへ付く予備ボタンいまわたくしが活用します

運転免許

老いぐみて中東の地を巡りゆく妹夫婦に子はなかりけり

たれ待つといふにはあらず夕さりの改札口にたたずみてをり

芋掘りを終へし一団乗りこみて土の匂ひのみちくる車内

時雨やみ真鴨がひとり青鈍《あをにび》の水のおもてをまつすぐにゆく

四十年の運転免許を返上し白く大きな翼を得たり

テロ続く欧州まはり事もなく帰りたる子の下着を洗ふ

七十四を一期に逝きしははそばの母の知らざる齢《よはひ》となりぬ

帝釈天

本堂の新築なりし菩提寺に正月四日そろひて詣づ

五年ぶりに妹ふたりと初詣で帝釈天に甘酒いただく

新春の会より戻りたかぶりに湿れる足袋の小鉤《こはぜ》をはづす

爆音をひびかすバイクにマイナンバー持たざる鳩が一斉に飛ぶ

小き日の子がこのみしを思ひ出し外れの景品麩菓子をもらふ

新薬の効き目あらたか今更に薬剤師さんのゑくぼに気づく

「とめ」「はね」に厳しかりしを言はれつつ同窓会の上座にちぢむ

錆びついた観覧車撮ると若者がたむろしてをり少子化の村

黄泉へとつづく

皇帝をまもり土中に二千年　掘りおこされて外貨をかせぐ

描ける子を末期の眼にとどめんと見据ゑる母にせまる「老母図」

火災予防のタスキをかけて駅前に栃錦像が出迎へてをり

安保法が施行されたる日のこよみ仏滅にして危《あやぶ》とぞある

かぎりなき犠牲の果てに得し九条　捨てる暴挙を許すまじ　ゆめ

満開の並木のあはひの空あをく黄泉へとつづく井戸あまたなり

寛解と告げられ下る無縁坂　池之端にはさくらが待てり

十年をへだてて触るる指ほそくこの再会に言葉はいらず

〈柏原乃志子さん〉

はつなつの

被災地の視察をします危険さけ安全服の新品を着て

はつなつの便り開けばそのとたん煎餅の香のふはりこぼれる

年嵩のひとり加はり歌評する声のおのづと高くなりゆく

年齢差五十歳ある歌会なりうなづくときの微妙にずれる

歴代の天皇の名を空《そら》で言ひ最後に父は低くわらつた

核のボタン携へきたり献花して世界平和を謳《うた》ひ上げゆく

半年先のおぼつかなさを打ち消して花形歌舞伎のチケット求む

年齢のわりに若いとおだてられ遺影を撮りにいそいそ出向く

沖縄の負ふ果てしなき苦しみの具体に遠くマンゴーを食ぶ

激戦地苦戦決戦戦況の参院選の記事にをののく

間際まで床にありしが危機感に付きそはれつつ投票すます

ＪＡ松戸

空前の猫のブームに再登場　朝日新聞の読者をふやす

山盛りの茗荷手に入れうきうきと酢漬作りぬわが山の日は

枝豆は湯あがり娘と決めてますＪＡ松戸湯浅さんちの

図書館のもよほす花火観覧会　なじみの司書が大声聞かす

髪染めずしわやしみにも抗《あらが》はず実年齢のままに生きゆく

納戸奥の整理ダンスに立てかけて遺影をおくと書きくはへたり

どうってことは

開け放ちさんまを焼けり名にしおふ荷風が下賤と食《は》まざりしもの

四十七の甥が娶《めと》るの耳打ちを頰ゆるめ聞く法事の席に

小石川區音羽生れと言つたとてどうつてことはないのだけれど

『エミール』に子への負ひ目を晴らしたるルソーと知りて親しみが増す

介護施設のふれあひ室に流れゐるルソーの作りし〈むすんでひらいて〉

さつきから聞いてないのを承知して行き掛《がか》り上《じやう》をはりまで言ふ

核兵器禁止条約に反対の被爆国とはいづれの国ぞ

生前葬を

鈴虫が鳴き出したねと言ひし後《のち》にはかに夫の顔のゆがみぬ

本因坊秀策と碁を打ち来しは七日まへ　集中治療室にひとりたへをり

悪妻の謗《そし》りはきつと免れまい付き添ひながら歌を詠むとは

慎重な子の運転にそれぞれの覚悟も乗せて退院したり

食細き病身ささへる寒河江蕎麦きのふもけふも昼餉に出しぬ

不安気なつれあひ残し会に来つ後ろめたさにきつく蓋して

癒えがたき夫の血圧さらに上げ辺野古移設の高裁判決

もういちど元気になつて合同の生前葬を企てませう

カタログに馬場あき子氏が推奨の安眠枕を買つてみるなり

深江さんを深沢さんと言ひちがふ誤作動をする口はわがもの

保険証の臓器提供の意思表示　われはうべなひ夫はこばみぬ

タブレットを指につつける抽籤に大学ノートのE賞当たる

老人《おいひと》が一時帰宅の飯舘の住めざる家に注連《しめ》飾り掛く

あんなにも待ちわびてゐし正月が老いぐみたれば向かうから来る

雁のふみ

極寒の独房の夜はいかばかり　南天につく雪をはらひつ

検閲の☆《ほし》の押さるる雁のふみ夜来の雨ににじんで来たり

眠られぬ夜はこんなにも長いのに歌の締切り日スキップでくる

熟成を待つほかはなく原稿を電気コタツに寝かせておけり

めづらしく冷気を白くかへてゆく雪のにほひに包まれてゐる

措き去られ柱を食みし跡しるく南相馬の牛舎にのこる

バレンタインデーは煮干しの日でもあるたつぷりつかひ大根煮たり

涙ぶくろ

屈託のにじめる声に帰宅せる子の卓にのす三つぶの苺

経済効果二十二億とあふられて稀勢の里ノート一冊を買ふ

光明子のつくらせしとふ阿修羅像涙ぶくろがふくらみてをり

なき母をさがさんと言ふ父に添ひ冬枯れの野に凧をあげにき

茶の湯展

新緑の上野の森を横切りて天下人らの美意識のぞく

戦ひのあひま武将が手にしたる赤楽茶碗の朱色のつぎ目

この碗に酌めばきはめて美味ならん不埒いだかす油滴天目

文豪のふかく鋭き眼力にかなひしといふ茶碗の素朴

ほのぐらき展示室でてさざめけるセーラー服の素足に会へり

風渡野

この国に生《あ》れたる幸のひとつとて走り新茶のかをり味はふ

早すぎし父との訣《わか》れバネにして佳き味を継ぐ和菓子金時

病こえはつ夏の風まとひ来しワンピースのひと四照花《やまぼふし》に似る

立ち漕ぎに自転車を駆り風渡野《ふつとの》よりみどりの風をまとひてきたる

翌年の茶会の床の設《しつら》ひに友は種より稲穂はぐくむ

さう言へば自転車バイク車椅子どの父の背も骨張つてゐた

うつうつの晴れる気がして店さきの末摘花の束を購《あがな》ふ

開戦前夜の小石川に生をうけ流れながされ江戸川に老ゆ

子の行けるカリフォルニアの空いかに　予報見るたび快晴と出づ

ひきこもる窓より入り来し蝶のごとピンクの封筒われらを鼓舞す

すつぴん

電子タバコの店が八日で閉ぢられる胡蝶蘭を置き去りにして

教室の窓より入りしわんぱくが熱き教師となるまでの時間《とき》

輪になりて老女ばかりが踊りをり子らはまはりでゲーム楽しむ

そのむかし桐箱に入れしへその緒が臍帯血とて取引さるる

潮風に焼けしすつぴんきびきびと多良間島産の黒糖もち来る

あはだちやまず

起重機が門口ふさぎ足もとにコーヒーの缶転がりてをり

いづれはの思ひありしも半壊の実家を前にあはだちやまず

童顔のバイト二人が膝をくみピザを食ひをり昼時なれば

現役の父を知るとふ親方が更地にすれば売れると言ひぬ

七人家族の西瓜冷やしし古井戸のありし辺りを蕺草《どくだみ》うめる

居ずまひを正して祖母がねんごろに糸尻洗へとさとしくれしを

いつぽんの向日葵しやんと庭すみに光こぼせり小さけれども

あちこちに清酒まきつつ解体のすすむ古家にわかれを告げる

父母在りて四人の子らのさざめきが聞こえくるなり跡地に立てば

湿り気をふくみて重き父母のアルバムとどく九月九日

飛天のポーズ

病あつき身をおし子らを支へつつ富士に登りし田部井淳子は

雨空のつづきたる後の灼熱にスカイツリーがふやけてをりぬ

構内にステップふみゐるお洒落な児たづねもせぬに四歳と言ふ

仰向きて飛天のポーズにいどみゐるヨガ教室を鴉がのぞく

近道を教へくれたる若者がお気をつけての声のこしゆく

アラートだかアラームだかが上空をミサイル越えしあとに作動す

夕ぐれの彼岸花もえじんわりとこの地のほかに行きどころなく

金町まで引込み線をゆく貨車の汽笛しよげさせ秋雨つづく

おたがひのトマト嫌ひにうちとけて好きな子の名を十《とを》が明かしぬ

船旅に正装きめしご両人シャンパンタワーの前で若やぐ

水平の虹

魂の診療所と書かれしとふ古代エジプトの図書館のドア

水平の虹だつてある　たまらなくさびしい日には遠くを見よう

生口の君の机上にひともとの竜胆《りんだう》挿ししあのときめきよ

ほつかりと待宵草のほの明り灯る川間をよりそひ行けり

幼かりし美穂ちやん祥ちやん恵ちやん皆ふたり子の母となりたり

マッチ売りの少女を泣かす夜の雪　舞台にふらす役の子がをり

羽ちらし庭によこたふ雉鳩のむくろを新《さら》のタオルにくるむ

グラン・カナリア島に九条の碑がありまして総理のお越しを待つてをります

百四歳

生前の父がそなへし墓ちかき大きな椎の濃き影に入る

ながらへてあらば本日百四歳　霜月三日は父の日である

忌事の続きしわれら親族が姪の挙式に晴れ衣《ぎぬ》まとふ

まあこんな所に居たの　控室に座る弟を父とまちがふ

感声に木霊のなげき消されをり六十万球点灯されて

シンクロのポーズに蟹が脚をあげ招きゐるなり北陸の旅

獅子柚子を風呂に浮かせば自らの脳のやうだと夫がいでくる

題詠

〈こがらし〉

正座してつくろひものをする祖母の傍らに聞きしこがらしの音

〈父〉

きざみふかき父の墓石にまひまひが寒風をよけ身をよせてをり

〈皇居〉

参内の夫にしたがひ張りつめて春秋の間の絨毯踏めり

〈火〉

気休めと言はれつつ買ふアレッポの固形石鹼火のにほひする

〈踊り〉

早々と迎へ火たけば父母は疾《と》く来ますなり麻幹火《をがらび》をどる

〈湯〉

たぎりたる鉄湯《てつたう》の朱のかがよひが鋳型に入ればたちまちくすむ

〈輪〉

割烹着の母はポケットふくらませ輪ゴムと言へば輪ゴムだしたり

〈字〉

みまかれる姑《しうとめ》に添ひ夫と子とヨの字の形にひと夜寝しこと

〈風船〉
薬売りのをぢさんくれし紙風船つけば散りけり毒消しのにほひ

〈語〉
それぞれの母語のおはやう爽やかに日本語まなぶ少女らが来る

〈門〉
古里の父の生家の長屋門墓参のけふは遠くみてゆく

〈母〉

訪へばたらちねの母ほたほたと泳ぐがごとく出できたる日よ

〈未来〉

春くれば廃校となる教室に未来と書かれ貼られる習字

〈蕾〉

早春の女子寮の庭まんまるな椿の蕾にほのか紅さす

〈背〉

ライト設計のホテルのバーにまぎれこみ六角形の椅子の背による

〈猫〉

部屋ごとに描かれ進路を案内《あない》する漱石山房記念館の猫

ひとりいぐも

つやめける南蛮もやうの長襦袢だれに逢ふとき漱石着しや

冥利とも言へなくもなし漱石に死亡通知をかかせたる猫

寒がりに羽毛布団を買ひたれば羽生結弦のカレンダー附き来

指先まで注目あびる陶酔に身をまはしつつ羽生が跳べり

実《じっ》のある岩手ことばの『おらおらでひとりいぐも』は喪失超える

悶え神さん

水俣病にものいへぬ子をひと一倍たましひ深きと書きたるあなた

終生を弱者の痛みによりそひて悶《もだ》え神さんと慕はれたりき

オートバイの事故の確率増すといふ満月の夜に出かけなくても
あの耳にピアス付けたら踊りさうゴディバのチョコを買つてゐる僧

炎上

初詣での列におされて難民の認定を乞《こ》ふ人にかばはる

正月のスーパームーンに気をとられトースターの餅炎上させる

アスリートの気分に発声練習し白秋作詞の〈わたりどり〉歌ふ

祖母あらばバタ臭きとぞ嘆くべしゴッホの描きし花魁の顔

張りのある相撲甚句の声たかく勧進元への礼をくはへる

余分なるドットひとつが仇となり窮地に寄せるメールとどかず

高尚な本ではなくて面白い立川文庫を父はのこしぬ

一直線に

生きてゐてよかつたと言ふ寅さんの台詞うべなひ下町に住む

朽ちし木を母胎としたる蝦夷松が一直線に育ちゆくなり

たわいない医師のジョークに笑はない　ただの老爺になれないあなた

イチローの愛用するとふ視野広きビニール傘のわれにありせば

樫の実

未熟ゆゑ結ばれざりし樫の実のひとりをふかく胸底におく

春雪の神保町にともなひて一冊選《よ》れと君は言ひたり

春の庭

きさらぎの避難訓練　園庭につぼみのごとく幼かたまる

御社《みやしろ》の甍の波のきはだちてわが住む町に春はめぐり来

岩桜のほころびくれば伏してゐし団扇のやうな葉がぴんと立つ

掘りおこす春の庭より土くれのかけらもつけず蚯蚓《みみず》出でくる

跋　隣人への温かな呼びかけ

この表紙若苗色の外になし思ひをつつむ風呂敷なれば

「若苗色」は染色の名で『源氏物語』に出てくる。若苗のような淡い黄緑色のことで、西野美智代さんの和綴じの第一歌集『ひなくもり』の表紙の色でもある。思いの丈を裹《つつ》む第一歌集の表紙は「若苗色」と決めておられたのだ。そして、この第二歌集のタイトルも『若苗色』と、上梓を思いたった時点で、心に決めておられたのだろう。

笑はなくても答へなくてもいいのです取材無視して睨みつけても

姑《しうとめ》の遺しし百目蠟燭が節電の夜の家族を照らす

編年体の本集『若苗色』は七年前の東日本大震災の歌から始まる。一首目では津波被災者への温かな呼びかけの背後に、非情な取材攻勢のメディアへの批判が滲む。二首目、大きな「百目蠟燭」に節電の一夜を過ごす家族がなつかしく偲ばれる。

本因坊秀策と碁を打ち来しは七日まへ　集中治療室にひとりたへをり
癒えがたき夫の血圧さらに上げ辺野古移設の高裁判決
もういちど元気になつて合同の生前葬を企てませう
たわいない医師のジョークに笑はない　ただの老爺になれないあなた

囲碁が趣味の、嘗て判事であったご主人が病に倒れ入院された。二首目では、そんな病床にいてさえ、沖縄の「辺野古移設の高裁判決」に煩悶するご主人を危ぶむ。
三首目、作者自身も辛い持病を託っている。そんな作者の夫への、精一杯の温かなジョークは哀切である。四首目は、医師の心遣いに愛想の一つも返さないご主人を、余裕の包容力で包みこむ作者であろうか。

バーコード212495 86のわれに出される天こ盛りの粥
深爪の医師が脈みて戻りかけペットボトルの蓋あけくれる
二めぐり病む日はつづくカプセルを押すにも走る痛みになれて
ひも結ぶことより再起の十カ月けふは紬の帯を締めゆく

一首目は大学病院に入院中の歌である。大学病院では入院患者にバーコードがつけられるのか、まるで品物扱いではないか。ウィットに富んだ軽いタッチの歌ながら、「天こ盛りの粥」にほろ苦い自嘲が滲み味わい深い。二首目、痛みで指に力が入らない病人の為、診察を終えた医師が、「ペットボトルの蓋」を空けてくれた。親切な医師への感謝の気持はそれとして、歌人の冷静な眼はその医師の「深爪」を見逃さない。

三首目、「カプセルを押す」ことさえできぬ激痛に耐えて過ぎた二年間であった。リハビリの積み重ねの賜である四首目の回復を心から歓びたい。

加齢こそ花咲かすとき不具合を笑ひのめして詠めよの講話
この一日もちこたへんと引き締めし帯をときたり安堵とともに
つつがなくイベント終へぬ今宵こそ夫の話をまじめに聞かん

千々和代表の〈香蘭に青春を〉の旗印の許に立ち上げ、尽力した船堀支部の「十一周年記念歌会」は、病を得た作者の悲願であったのだがようやく実現した。当日は小島ゆかり氏をお招きして盛会裡に恙なく終わった。きりりと和服を着こなした作者は、慎重に鮮やかに会の維持進行を全うした。

癸巳《みづのとみ》今年の恵方は南南東　南南東には「なんてん」がある
いきさつを告げ来し文のなかほどに白紙《しらかみ》のあり深呼吸する

七たびを続けしのちの半拍にポとつけたせる朝の雉鳩
雨空のつづきたる後の灼熱にスカイツリーがふやけてをりぬ
つやめける南蛮もやうの長襦袢だれに逢ふとき漱石着しや

きびきびと掬われた機知の歌とでも言おうか、日常の機微が活写されている。一首目、今年の節分の日の恵方は「南南東」だと言う。ささやかな幸を願う市井の民の涙ぐましさ。売手の作戦にころりと乗せられて、つい買って了った恵方巻を「南南東」に向かって食べる俗の味わい。上句を受ける下句の、どうでもいいようなこの軽い躱し方が新鮮だなぁと思う。「なん」の音の繰り返しも心地よい。二首目の手紙の主のうっかりミスの白紙で深呼吸する作者も、三首目の朝の雉鳩への心寄せにも滋味が籠もる。四首目の「スカイツリー」の、世界一の塔の名折れのような頼りなさに得も言われぬ親しみが湧いてくる。五首目は漱石山房記念館での属目だろう。下句の「だれに逢ふとき」は魅力的な把握である。それがかの漱石というからドラマが膨らんでくる。多くの展示物の中から選ばれた「南蚕もやうの長襦袢」だろう。

受持ちの児らと蝲蛄《ざりがに》捕りし川　老いづく夜の耳ながれゆく
巣立ちの日ラグビーボールを教卓に置きて行きたり十二の児らは
マッチ売りの少女を泣かす夜の雪　舞台にふらす役の子がをり
極寒の独房の夜はいかばかり　南天につく雪をはらひつ
検閲の☆《ほし》の押さるる雁のふみ夜来の雨ににじんで来たり
掘りおこす春の庭より土くれのかけらもつけず蚯蚓《みみず》出でくる

教師としての歌には、「受持ちの児ら」への慈愛の眼差しに加え、歳月を愛おしむ思いが、抑制の利いた表現に溢れている。三首目では、弱者の方に自ずと深い心を寄せる作者が覗く。四首目〜五首目、「極寒の独房」の人は作者とどんな関係にあるのだろうか。しかし、それを知る必要はあるまい。受刑者と文通をしている作者の眼差しには慈しみが籠もる。いたずらに憐れんだり、思い入れを込めたりせずに詠み、どちらも下句の場面転換が利いている。そこには受刑者への、ふかぶかとした呼びかけが息づいているようだ。雁の文とは、漢国の蘇武が虜囚となったとき、雁の脚に手紙をつけて、漢帝に便りをした故事から来た言葉で、手紙のことを言う。「雁のふみ」の言葉も慕わしい。

六首目は掉尾に置かれた歌である。蚯蚓の生態が詠まれているのだが、その生態に、ある種の潔癖感を見る作者が感じられる。蚯蚓は土の中で生きているのに、土から出てきたつるつるの光る身体は、実際「土くれのかけらも」ない。蚯蚓の寿命は一年だがその存在は環境保全に役立っている。作者はこの蚯蚓の清潔で簡素な生き方に共鳴しているのだ。蚯蚓に呼びかけている気がする。作者が蚯蚓に見ているものは、生きとし生けるものの儚い命への慈しみに他ならない。

作者は自らの宿痾と闘いながら、ご主人の介護に打ち込み懸命に生きている。我々常人とは命の重さ、命の尊さを思う度合が違うのだと思う。だから、係累を持たず、世のしがらみとも無縁の、露わな姿を晒している孤独な蚯蚓の存在に心を動かされたのだろう。

たれ待つといふにはあらず夕さりの改札口にたたずみてをり
寛解と告げられ下る無縁坂　池之端にはさくらが待てり
髪染めずしわやしみにも抗《あらが》はず実年齢のままに生きゆく
開戦前夜の小石川に生をうけ流れながされ江戸川に老ゆ
夕ぐれの彼岸花もえじんわりとこの地のほかに行きどころなく

さて、〈われ〉の歌はどれもさらりと詠みながら、しみじみとした陰翳を湛え、読む者の心に沁みこんでくる。

一首目は、雰囲気のあるなつかしい趣、たゆたうような微かな陰翳を湛えて歌が広がる。二首目はさらりと詠まれ乍ら、胸に広がってゆく静かな歓びは下句に託されていよう。三首目のきっぱりとした物言いには老いの覚悟が窺え、じんわりと響いてくる。四首目もさらりと詠んでいるが、濃密であったろう生の歳月の軌跡が偲ばれる。

五首目では漱石の『草枕』の冒頭を思った。所用で出かけた作者の眼に入ったのは、燃えるように今を盛りと咲く彼岸花だった。三句以下の感慨を述べるのに、秋の到来を告げる「彼岸花」は相応しい。境涯詠の趣でもある。

これを書いている窓辺には朝から蟬声が絶えない。季節の推移に心を染めながら、今ここにこうしている自らの存在に感謝して生きていけばいいのだろう、と作者に諭されているようにも思える。

歌集『若苗色』は西野美智代さんの、七年間の真摯な日々の軌跡であり、短歌に魅せられた一歌人の、隣人への温かで豊かな呼びかけでもあります。

西野さんの豊かな歌の世界を、多くの方に知って戴きたいと願って止みません。

蟬声の盛んなる日に

丸山　三枝子

あとがき

短歌は私にとって手紙のようなものである。在職中に気掛りを残しつつ卒業させた児童へのエールもあれば、行き摩りの青年へのメッセージもある。自信がなく下を向いていたお下げ髪の私を真っ直ぐに大きな愛で包み、明るい世界へと導いてくれ、成長を見届けて去って行った人との純な追憶もまた同様である。日常の細やかな経験や発見、自然の営みを対象とするときも、短歌の形式や手法を借り心潜めた呼び掛けのつもりで詠んできた。

この度、歌集の出版を決意した理由の一つに父の鎮魂がある。父は旧家に生を受けながら戦争により夢を砕かれ、その後は不遇に耐えて家族を支えるために生き抜いた人である。そんな父に人一倍慈しまれた長女の私なのに、自らの病のため最期を看取れなかったことは痛恨の極みであった。自己満足であろうが、この歌集を出すことにより、些かは許して貰えるような気がする。

また一方では、不敏で一本気な性《たち》の私に今日まで付き合ってくださった多くの方々への長い長い御礼の手紙を綴り終えたような安堵もある。

さて、この歌集のために小島ゆかり先生から分に過ぎる勿体ない励ましの序文を賜り、身の震える思いである。丸山三枝子選者からは、作者冥利に尽きる温かい跋文をいただき恐縮している。お二人のご厚意には、残された日々を懸命に生き、よい短歌を詠むことでお応えする他にはないと心に誓っている。

長年、香蘭短歌会でご指導いただいている千々和久幸代表を始め諸先生方、歌友の皆様にも御礼申し上げる。

出版にあたり行き届いたアドバイスをくださった本阿弥書店の佐藤碧さんへも感謝をお伝えしたい。

最後に、私に替わり歌稿の入力を買って出てくれた妹の助力が出版への弾みになったことも付記しておく。

小康を得て想定外の喜びを味わえるのは、心豊かな晩節を願って短歌を学んだことによる。病に打ち拉がれる日もあるが、短歌に縋ることで光明を見出し、私は今日も生かされている。

短歌よ、ありがとう。

皆様、ありがとうございました。

あらあらかしこ

平成三十年八月十五日

西野　美智代

歌集　若苗色《わかなへいろ》　香蘭叢書第二五四篇

二〇一八年十月二十六日　初版発行

定　価　本体二七〇〇円（税別）

著　者　西野美智代

〒一三三―〇〇五七

東京都江戸川区西小岩三―四―七

発行者　奥田　洋子

発行所　本阿弥《ほんあみ》書店

〒一〇一―〇〇六四

東京都千代田区神田猿楽町二―一―八　三恵ビル

電　話　〇三（三二九四）七〇六八（代）

振　替　〇〇一〇〇―五―一六四四三〇

印刷・製本　日本ハイコム株式会社

ISBN978-4-7768-1391-0（3107）　C0092　Printed in Japan